# DISCOURS

1891 — 1888 — 1885

PARIS. — IMPRIMERIE CHAIX, 20, RUE BERGERE. — 17026-8-01.

ÉDOUARD KOHN

# DISCOURS

PRONONCÉS

les 27 juillet 1891, 24 juillet 1888, 17 août 1885

aux Écoles consistoriales israélites.

PARIS

CALMANN LÉVY, ÉDITEUR

3, RUE AUBER, 3

1891

# DISCOURS

prononcé le 27 juillet 1891

Mesdames,

Messieurs,

Mes chers enfants,

Pour la troisième fois aujourd'hui, à trois années d'intervalle, le grand honneur m'est fait de me présenter devant vous pour présider à la Distribution des prix.

Je remplace notre cher Président,

M. le baron Gustave de Rothschild, et je lui suis bien reconnaissant du plaisir qu'il me procure en me mettant à son lieu et place.

Vous savez que nous sommes déjà de vieilles connaissances, ainsi qu'en atteste le nombre de fois que vous me rencontrez ici ; j'en sais aussi quelque chose, moi qui dois à mon âge de me trouver depuis de longues années au milieu de vous.

Cela ne ressemble-t-il pas à un bail en règle de trois, six ou neuf ans? Il n'entre nullement dans mes intentions, croyez-le bien, de renoncer au renouvellement d'un contrat auquel je tiens avant tout et qui satisfait si bien mon ambition.

Je compte donc, s'il plaît à Dieu, assister encore quelques fois à des solennités semblables à celle de ce jour.

Je ne suis pas un étranger pour vous; vous m'accueillez toujours avec une grande sympathie; ne suis-je pas le mandataire du Comité des écoles qui vous accorde des prix par mon entremise et, habituellement, on n'oublie pas ceux qui donnent.

Souvent aussi vous me voyez venir

vous surprendre dans vos classes pour suivre de près vos travaux, afin d'en rendre compte au Comité pendant nos séances mensuelles.

Je ne veux pas divulguer devant cette assistance d'élite les impressions que j'en rapporte; elles sont souvent favorables, parfois aussi mêlées d'une certaine réticence. La jeunesse n'est pas parfaite; mon métier de plaideur de Paradis n'est applicable que lorsque toutes les circonstances veulent bien s'y prêter.

Ces visites d'inspection se font à tour de rôle par nos membres

du Comité; aussi dois-je vous dire
que l'appréciation de ces Messieurs
est souvent en concordance avec la
mienne.

Les progrès successifs sont consi-
gnés dans nos procès-verbaux; nous
comprenons bien qu'au début de l'année scolaire, les études ne sauraient
être aussi avancées qu'elles le sont
vers la clôture : tout est bien qui
finit bien.

Nous touchons au terme de l'année 1890-1891 ; pendant ce temps
chacun de vous a rivalisé d'efforts;
les résultats ne sont certainement pas

les mêmes pour tous : les uns se
consolent dans l'espoir de faire mieux
l'année prochaine et je prends acte
de leur promesse; les autres n'ont
pas voulu se retrancher derrière une
simple promesse, ils ont travaillé
pour le présent sans pour cela vou-
loir renoncer à l'avenir qui doit être
encore meilleur.

Constatons toutefois que les élèves
qui nous donnent satisfaction dépas-
sent de beaucoup ceux qui trouvent
plus commode de nous demander
crédit jusqu'à l'année prochaine.

La certitude de ce que j'avance

nous l'aurons d'ailleurs par la proclamation des prix qui aura lieu dans quelques instants.

Nos Écoles consistoriales se divisent en plusieurs classes ; les garçons et les filles se partagent nos bancs presque en nombre égal ; cette réunion rapproche les mains et les cœurs de tous les enfants arrivant des pays les plus divers et les plus éloignés.

Ces Écoles, je ne saurais mieux les comparer qu'à ce grand amphithéâtre où nous sommes tous réunis ; les chers petits enfants que nous plaçons au premier rang en commençant par en bas, nous ne leur demandons que l'angélique innocence de l'enfance, de bonnes figures, des yeux espiègles ne pensant qu'à rire et où se lit parfois le désir de faire quelques petites niches à leurs maîtresses, avec cette désobéissance enfantine dont la grande jeunesse seule connaît le secret.

Au fur et à mesure que vous avancez en âge, nous vous installons sur les gradins supérieurs de cet amphithéâtre ; la raison se développe, l'enseignement devient plus sérieux, la conscience vous dicte les devoirs envers les maîtres et envers ceux qui s'intéressent vivement à vous. Chacun de vous a généralement passé du petit banc de l'asile pour finir à celui de la première division, qui forme le terme de l'instruction primaire que vous recevez dans nos écoles ; vous êtes donc appelés à en sortir, à faire de la place aux autres, qui, à leur tour, auront votre sort.

Je ne puis dire que ce départ me cause de l'appréhension, toutefois je ne dois pas vous cacher une certaine émotion qui m'agite.

La pensée de vous voir entrer dans le tourbillon de l'existence où com-

mencera la lutte pour la vie m'impose
le devoir de vous faire bénéficier de
ma vieille expérience pour vous donner les bons conseils que je voudrais
vous voir suivre dans la voie nouvelle
qui s'ouvre devant vous.

Il importe avant tout de ne point
oublier les bons principes moraux et
religieux qui vous ont été enseignés;
maintenez toujours avec ceux qui vous
approchent cette bonne camaraderie
qui s'apprend dans les classes et dont
vous avez donné des preuves pendant
plusieurs années.

La vie active commence, chacun

suit une direction conforme à ses aptitudes; ayez la volonté, le caractère assez fermes pour concentrer tous vos efforts qui ne doivent tendre qu'à choisir une route honnête et laborieuse, hors de laquelle il n'y a que déception dans ce monde.

Que vous preniez une carrière libérale, que vous soyez salariés, artisans, ouvriers ou paysans, quelles que soient les conditions de votre existence, n'ayez devant les yeux que la main qu'on place sur la grande route et qui indique le chemin de la vertu, de la probité et de l'honneur.

Si, d'un côté, on doit souvent se prêter aux concessions à faire, transiger avec sa volonté, avec sa manière de voir et cela dans le seul but de vivre en bonne harmonie avec son voisin ou son compagnon, il faut, d'un autre côté, bien se garder de céder un pouce qui pourrait vous faire empiéter sur l'honnêteté.

Sachez que celui qui veut travailler ne sera pas en peine d'occupation pouvant fournir sinon le superflu, au moins le nécessaire pour gagner sa vie.

Le sol de la France n'est-il pas

assez fertile pour nourrir tous ses enfants? Et puis n'avons-nous pas nos superbes colonies, de vastes contrées jouissant du protectorat de la République française.

Il ne faut plus, comme autrefois, s'effrayer des longs voyages; les progrès modernes rapprochent les distances. Celui qui s'expatrie de nos jours ne perd pas pour cela l'espoir du retour; lors même que vous resteriez loin de France, ne vous semble-t-il pas que vous êtes toujours près de nous, car, en travaillant au loin pour vous-même, vous aurez, par votre activité, travaillé en même temps pour la prospérité et la grandeur de la Patrie.

Et vous, mes chères filles, je sais bien que tous les labeurs ne s'identifient pas avec la délicatesse de votre sexe; mais encore dans cet ordre d'idées, les occupations ne manquent pas. Outre les emplois qui vous ont été réservés jusqu'à présent, d'autres ont été créés et sont donnés aux femmes. Tels sont les Postes, les Télégraphes, les Téléphones; des établissements financiers même ont volontiers recours à vos doigts, plus délicats et plus adroits que la main calleuse des hommes.

Le soleil luit pour tous; il n'y a de déshérités que ceux qui veulent bien l'être. Ayez, mes chers enfants, confiance en Dieu, ne perdez pas de vue que vous devez agir par vous-mêmes afin que le Ciel vous aide.

Je n'ai pas fait ressortir le caractère confessionnel de nos Écoles qui se composent presque exclusivement d'élèves israélites. Il n'en résulte pas moins que chacun de vous doit garder la religion dans laquelle il est né, la conversion n'étant souvent qu'un signe extérieur qui ne peut pas être dans le cœur. Soyons toujours respectueux pour toutes les confessions autres que la nôtre, mais, en retour, nous avons le droit de demander la même tolérance pour nous. En France, on ne connaît ni classe ni caste, il n'y a que des citoyens français soumis à une seule et même législation ; le coq gaulois a proclamé la liberté de conscience ; elle est centenaire, elle deviendra cinq fois centenaire et encore davantage, elle a droit au respect du vieillard ; honneur aux cheveux blancs !!

Dans toutes les discussions, il y a contradiction de vues, mais elle doit toujours rester courtoise; cependant redressez-vous et résistez avec toute la hauteur de votre dignité d'homme, si jamais on osait vous apostropher du nom de « Juif » en y sous-entendant un caractère insultant.

Il a plu à certains marchands de scandale de faire des publications anti-sémitiques, un genre d'industrie jusqu'ici inconnue en France.

Elles n'ont été soutenues que par une toute petite minorité qui n'a rien appris ni rien oublié. Celle-ci a pensé qu'il est plus facile de convoiter l'aisance acquise par le travail que d'agir, d'employer les mêmes moyens, pour arriver au même degré de bien-être.

Ce petit nombre de personnages imbu d'une jalousie malsaine s'est bercé de l'espoir d'ameuter une partie des Français contre l'autre.

Triste illusion ! les basses calomnies ne sont jamais arrivées au niveau de la réprobation publique et la campagne a fini faute de combattants. C'est le cas d'appliquer ici la parole du sage roi Salomon :

« Ne réponds pas à l'insensé d'après

sa bêtise, de peur que tu ne viennes à lui ressembler. »

Dans un grand empire, ami de la France, on procède à des expulsions arbitraires qui frappent les Israélites sans trêve ni merci.

Ces mesures qui sévissent avec la plus grande rigueur ont éveillé l'attention du monde civilisé.

Les doléances qui s'élèvent partout à l'unisson sauront-elles se frayer un chemin pour arriver jusqu'aux pieds du trône du puissant souverain? Je me plais à le croire; la misère produite par cette injustice digne d'un

autre âge finira par avoir raison de la
sentinelle qui veut empêcher la vérité
de se livrer passage.

Vous allez donc, mes chers enfants,
défiler les uns après les autres devant ce bureau, faire une moisson
de livres, couronnes et mentions spé-
ciales. Il est juste de recevoir tout
cela comme récompense de votre
bonne conduite, de vos bonnes études
pendant les mois de travail qui pren-
nent fin aujourd'hui.

Il ne faut pas croire que les progrès acquis sont dus à vous seuls;
détrompez-vous, mes chers enfants.

Le Comité des écoles, dont le zèle ne fait doute pour personne, sait que vous devez tout à vos maîtres et maîtresses.

Pour maintenir la discipline dans de petites têtes turbulentes comme les vôtres, la fermeté de vos supérieurs doit s'unir à la bienveillance et à l'aménité de caractère.

Nous apprécions ces bonnes qualités de vos supérieurs; les efforts dont ils font preuve, les soins paternels dont ils vous comblent sont des titres à notre reconnaissance; il m'est bien doux de la leur exprimer très sincèrement devant tout le monde ici réuni.

Les vacances vont commencer, l'heure de la liberté est attendue avec impatience.

Notre tâche est terminée, la vôtre et celle de vos parents va commencer. Ils doivent vous surveiller, bien se rendre à l'évidence que quelques semaines de repos sont indispensables pour réconforter l'esprit et le corps des enfants. Il ne serait pas juste de vous astreindre à des occupations qui ne seraient ni de votre âge ni de vos forces. Ce sont les recommandations que j'adresse à vos parents au nom du Comité des écoles tout entier, et, bien entendu, je ne suis que son fidèle interprète.

Si vos parents ont des devoirs à remplir envers vous, de votre côté, mes chers enfants, vous en avez aussi envers eux, et ceux-ci consistent dans l'obéissance affectueuse, dans le respect filial que la loi de la nature vous commande.

Je ne me suis pas trompé en supposant que les paroles que je viens de prononcer et qui émanent d'un cœur affectueux seraient soulignées quelque fois par votre approbation et qu'elles recueilleraient vos suffrages.

Il m'est impossible de vous dire combien j'en suis flatté. Puis-je en conclure que vous n'êtes pas sans saisir le véritable sens de mon allocution ? Mais l'esprit de la jeunesse est volage, rien ne me dit que vous vous en souviendrez encore, une fois sortis de cette enceinte.

Pour diminuer ma crainte, je me propose de faire imprimer ma modeste harangue ; je lui donnerai la forme d'une petite brochure tirée en nombre suffisant pour qu'à votre rentrée en classe un exemplaire soit remis à chacun de vous.

Quand vous ferez le pèlerinage dans vos impressions de jeunesse, jetez de temps à autre un coup d'œil sur ce petit souvenir, et si mes conseils ont eu pour effet d'éviter tout écart dans l'accomplissement de vos devoirs d'honnête homme et de citoyen, alors vous pourrez vous dire que vous m'aurez à votre tour décerné un prix qui sera pour moi la plus appréciable récompense que je puisse ambition-ner.

# DISCOURS

prononcé le 24 juillet 1888

Mesdames,

Messieurs,

Mes chers enfants,

Il y a trois ans, je me suis trouvé pour la première fois devant vous ; cette année, j'ai été de nouveau désigné, par notre honorable Président du Comité des écoles, pour prendre la parole à l'occasion solennelle de la Distribution des prix.

Dois-je vous dire que j'ai accepté cette agréable mission avec le plus grand plaisir?

Notre Président est absent de Paris, loin de vous et loin de nous; mais vous n'êtes pas sans savoir que nous devons à sa générosité l'une de nos trois Ecoles, celle de la rue Claude-Bernard, connue sous le nom de « Ecole Gustave de Rothschild », et dans laquelle près de deux cents des vôtres viennent journellement chercher cette nourriture de l'esprit qui s'appelle l'instruction.

Je ne puis me défendre d'une cer-

taine émotion en me trouvant entouré par vous, Mesdames et Messieurs, qui prenez un si grand et si
vif intérêt à cette fête de famille. Le
Comité et moi-même nous sommes
heureux et flattés du témoignage de
bienveillance que vous nous donnez
par votre présence ; nous vous en
remercions bien sincèrement.

L'aspect de cet immense amphithéâtre, bondé de jeunes têtes que je
retrouve et qui sont anxieuses de
savoir ce qui va se passer dans cette
réunion, m'en impose plus que vous
ne pouvez supposer. Je vous connais

presque tous, mes chers enfants, par les quelques inspections que je passe dans vos classes ; ces visites ne sont pas aussi fréquentes que je le voudrais, tant j'aime à me trouver parmi vous. Aujourd'hui, je ressens une joie sans mélange en vous voyant tous réunis en habits de fête, en lisant sur vos figures cet air joyeux qui me remplit de bonheur. Puisse cette joie ne jamais vous abandonner !

En revanche, la présence de vos chers parents, qui sont venus pour entendre proclamer les noms de ceux qui s'approcheront pour recueillir la récompense de leurs études, me rend un peu perplexe.

Chacun est venu pour se réjouir du succès de son ou de ses enfants; il les suit pas à pas depuis la sortie de la maison paternelle jusqu'à l'entrée à l'école, et cela avec une tendresse qui fait déborder le cœur et fait oublier bien des tourments et des déboires auxquels personne, en ce monde, ne peut échapper.

Et pourtant, il ne peut pas y avoir ici que des élus.

Le devoir des examinateurs exige une impartialité à toute épreuve; il

faut, avant tout, rendre justice au
mérite de ceux des élèves qui ont su,
par l'assiduité, devancer leurs camarades moins appliqués et plus indiffé-
rents aux devoirs.

Je m'imagine donc que la satisfaction de ceux des parents dont l'enfant
remporte un prix et des couronnes
n'est pas tout à fait complète, puis-
qu'elle doit se trouver atténuée par
le désappointement qu'ils ne peuvent
manquer de voir dans les yeux d'autres parents, leurs voisins peut-être
dont l'enfant est resté dans l'ombre.

Eh bien! ne vous abandonnez ni à

la défaillance ni au découragement.

De ma nature, je me sens incliner vers une certaine indulgence; sans doute je la pousse un peu trop loin. Tout autre que moi appellerait cela de la faiblesse, mais je me soumets à ce reproche sans rougir; on n'est pas parfait. J'ai la conviction que ceux de vous, chers enfants, qui n'avez pas brillé dans les concours, vous serez indulgents comme moi et vous vous réjouirez des succès des camarades qui ont été mieux partagés que vous.

Mais vous profiterez de leur exemple

la prochaine fois; vous ferez des efforts
pour les égaler; qui sait, pour les dé-
passer même.

Et vous, les heureux lauréats, vous
vous inspirerez aussi d'indulgence;
vous ne toiserez pas, du haut de votre
grandeur, les camarades qui auront
été distancés par vous et que le man-
que d'assiduité aura relégués au se-
cond plan. Vous sortirez de cette
enceinte, la main dans la main, sans
vanité aucune. Que les écoliers qui
reviendront les mains vides, n'ayant
aucun prix sous le bras, ne mettent
pas la maison en désarroi; encouragez-

les en leur faisant comprendre qu'ils auront à rivaliser d'ardeur l'année prochaine; prêchez-leur l'émulation pour se livrer avec courage au travail; traitez-les avec douceur; ne leur mettez pas la mort dans l'âme par trop d'amers reproches. Ces encouragements, qu'ils viennent des parents ou des maîtres, sont nécessaires aux enfants; c'est un stimulant qu'il leur faut pour obéir.

Et vous, chers enfants, je ne saurais assez vous supplier de suivre les conseils qui vous sont donnés; travaillez, appliquez-vous, cultivez votre

es¡rit, ne perdez pas votre temps ;
utilisez-le bien pour votre éducation.

Le temps précieux pendant lequel
vous êtes à l'École, vous devez en
connaître le prix. Sachez que les
heures qui fuient sur l'horloge ne
laissent aucune trace derrière elles ;
tandis que celles qui se passent sur
les bancs de l'École s'appellent le
Progrès.

Un des grands problèmes de notre
siècle est résolu presque dans son entier ; les enfants de tout âge, de toute
condition sont appelés dans les Écoles,
où ils trouvent libre accès. Le savoir

est de plus en plus indispensable quand on veut occuper une place dans le monde, quelque modeste qu'elle soit, et vous recevez l'instruction de Maîtres aussi dévoués que capables. Ne croyez pas qu'il suffise de savoir lire et écrire ; on exige davantage de nos jours.

L'activité est si grande qu'il faut avoir des notions exactes en toutes choses, si l'on veut arriver à faire son chemin, soit dans le commerce ou l'industrie, soit dans l'agriculture ou tout autre métier.

C'est vous, chers enfants, qui représentez l'avenir ; il est de votre devoir, à chacun de vous, de contribuer pour sa part à la prospérité et à la richesse de notre pays.

Ne vous imaginez pas que cette richesse se traduise par l'accumulation de pièces de cent sous dans la poche ; n'en croyez rien ; elle consiste dans le bien-être général, la culture intellectuelle et morale ; par la mise en pratique des bons conseils qui sont donnés dans les classes que vous fréquentez.

Notre Comité des écoles, soutenu par les généreuses contributions de nos coreligionnaires, qui ne font jamais défaut quand il s'agit d'une cause utile, veille au perfectionnement graduel de nos établissements d'éducation.

Il est de votre âge, jeunes enfants, et je vous en félicite, d'être insouciants ; vous profitez des bienfaits de l'instruction, sans vous demander d'où et comment ils vous viennent.

Nous ne cherchons pas la reconnaissance ; cette ambition est loin de nous ; nous réclamons simplement votre assiduité au travail, et nous nous considérons comme largement récompensés, si nous stimulons en vous le sentiment du devoir; si, en un mot, nous faisons de vous des hommes.

Dans le groupe de nos trois Écoles, rien n'est épargné pour faire de vous des citoyens utiles à votre pays et pour que vous deveniez les dignes émules de ceux qui vous ont précédés.

Puisque je parle de notre groupe d'Écoles, je ne puis m'empêcher de m'arrêter un instant à certaines objections qui m'ont été faites plusieurs fois par nos coreligionnaires. Et moi-même, je l'avoue en toute franchise, je me suis souvent demandé, comme eux, s'il est bien utile d'avoir des

Écoles exclusivement composées d'é-
lèves israélites. Je me hâte d'ajouter,
avec non moins de franchise, avec
conviction même, je le dis hautement
aujourd'hui, que je reconnais l'utilité
de ces Écoles juives. Les enfants qui
nous arrivent dès leur plus tendre
enfance ne nous viennent-ils pas de
tous les pays du globe, parlant à
peine leur propre langue, encore
moins la nôtre; nos portes ne sont-
elles pas indistinctement ouvertes à
toutes les nationalités ?

Nul ne saurait contester à ceux qui
ont charge d'âmes l'obligation sacrée

de donner à ces enfants les notions de morale, en suivant pour cela la religion de leurs pères.

Quand nos enfants quitteront nos écoles, chacun suivra la carrière que ses connaissances et ses aptitudes lui auront désignée; il se confondra alors avec ceux des autres cultes pour mener la vie commune.

En France, la question religieuse n'est un obstacle pour personne; chacun peut travailler et au même titre que tout le monde; dans ce noble pays on ne connaît que des Français, rien que des Français.

Mais aussi longtemps que les enfants ont besoin d'être guidés, nous
avons pour mission de les élever dans
la religion qui les a vus naître; nous
ne pouvons disposer de leur conscience à notre guise.

En France, le souffle de la persé-
cution religieuse qui nous vient de
l'étranger n'a aucune prise; elle ba-
laye un terrain réfractaire. Il s'y
trouve, de loin en loin, quelque tête
chaude qui cherche à rallumer un
brandon de discorde, mais il est vite
éteint sous l'indifférence ou meurt
faute d'aliments. S'ensuit-il qu'il faille

pour cela renoncer à toute croyance religieuse ? Tout le monde doit-il appartenir à la même unique Église ? Je ne le pense pas. Chacun doit garder au fond de son cœur les assises de sa foi religieuse ; pourquoi s'en cacherait-il, puisque chez nous la forme importe peu.

L'instruction religieuse est avant tout morale ; elle n'est contraire à la morale d'aucun autre culte.

Ceux qui ne partagent pas notre opinion au sujet des Écoles consistoriales n'assistent malheureusement pas à cette imposante Distribution de prix.

Je le regrette bien pour eux, car
en voyant cet immense amphithéâtre
garni d'enfants, ils reconnaîtraient le
néant de leurs objections, seraient
frappés des résultats que nous obte-
nons et s'intéresseraient à notre œuvre.

Si mes paroles pouvaient arriver jusqu'à nos adversaires, je me flatte qu'ils
se rallieraient à nous, et vous pouvez
croire que ce n'est pas le bon accueil
qui leur ferait défaut ; ils joindraient
leurs efforts aux nôtres et donne-
raient, eux aussi, ce concours matériel que nous trouvons si généreuse-
ment chez d'autres ; ils partageraient

nos idées, notre manière d'envisager cette question qui, pour nous, est la seule juste, la seule bonne.

Ce concours permettrait au Comité des écoles de développer encore ses moyens d'action ; il nous mettrait à même d'agrandir nos locaux dont quelques-uns sont insuffisants et laissent à désirer ; nous pourrions multiplier nos classes, renforcer notre personnel enseignant, compléter notre matériel scolaire ; faire tout, en un mot, pour nous trouver dotés d'un ensemble d'Ecoles, digne de notre grande Communauté de Paris.

Ai-je besoin de vous dire que l'ex-
posé que je viens de faire, les sen-
timents que mes paroles viennent
de traduire s'adressent aussi bien à
vous, jeunes élèves, qu'à vous, jeunes
filles ?

Pendant le temps passé dans vos
classes, vos maîtres et maîtresses vous
ont enseigné les devoirs incombant à
chacun ; vous avez profité des leçons
de morale qu'ils ont fait pénétrer en
vous. Et, dans ces conditions, je ne
crois pas trop m'avancer en disant que
vous savez apprécier le sens de ma
modeste allocution ; vous la ferez

comprendre aux nouveaux venus, qui arriveront lors de la rentrée des cours.

Avant de terminer, je ne croirais pas avoir rempli mon devoir jusqu'au bout, si je ne me faisais pas l'interprète de notre Comité auprès de vos maîtres et maîtresses afin de constater combien nous savons apprécier le zèle et le dévouement dont ils ne se sont pas départis pendant l'année qui prend fin aujourd'hui. Laissez-moi leur exprimer tous nos remercîments ; ce que nous avons vu d'eux nous est un gage certain de ce qu'ils sauront faire l'année prochaine.

Dès demain, mes chers enfants, vous allez entrer en vacances ; le moment des récréations sans contrôle va commencer. C'est à vos parents de vous les donner aussi saines que possible. Les médecins, et ils s'y connaissent, disent que les exercices de corps, les bains de soleil et d'air sont les médicaments les plus efficaces ; faites donc ce que disent les docteurs ; je n'ai rien à y ajouter ; je m'efface devant leur compétence. Tout ce que je souhaite, c'est que vous reveniez tous bien forts, robustes, gais et débordant de santé matérielle et intellectuelle.

Oubliez pour quelques semaines les efforts consacrés aux études; ne pensez pas aux heures pendant lesquelles vous êtes restés attachés à vos livres : considérez comme n'ayant pas existé le quart d'heure, mauvais peut-être, qui vous a fait rester debout devant le tableau noir sur lequel vous deviez faire la démonstration de ce que vous aviez appris. Livrez-vous à la franche gaîté gauloise ; elle n'est pas en contradiction avec le caractère d'ordre et d'économie qui distingue notre nation.

J'ai terminé ; je vous dis adieu

maintenant et au revoir, à l'année prochaine.

Je n'aurai pas alors l'honneur de présider la Distribution des prix ; mais j'aurai le plaisir, s'il plaît à Dieu, de me trouver encore parmi vous, et de me réconforter, par ce spectacle toujours touchant de l'enfance studieuse placée sous la sauvegarde de notre expérience et de notre affection.

# DISCOURS

prononcé le 17 août 1885

8

Mesdames,

Messieurs,

Mes chers enfants,

Je remplace aujourd'hui notre président du Comité des écoles, M. le baron Edmond de Rothschild.

Dans sa bienveillance habituelle, il n'a pas voulu se réserver le plaisir exclusif de présider cette solennité;

son choix est tombé sur moi, et je
lui en suis fort reconnaissant.

Je dois à cette substitution l'honneur de me voir entouré de M. le
Grand Rabbin Zadoc Kahn, de plusieurs membres du Comité des écoles,
de quelques notabilités de nos diffé-
rentes institutions, et je constate
aussi la présence d'un certain nombre
de dames qui ont bien voulu venir
pour rehausser l'éclat de cette Distribution des prix.

Mes chers enfants, je ne saurais avoir
un autre langage que celui qui a été
déjà tenu maintes fois à cette place.

Tout ce que je dirais serait nouveau pour plusieurs d'entre vous, mais non pour ceux qui vous ont précédés.

Mais j'estime néanmoins de mon devoir de vous répéter que nous avons toujours la même sollicitude pour vous.

Nous employons tous les moyens nécessaires à votre instruction ; nous nous rendons compte de la tâche imposée par les idées modernes, qui exigent que les portes des Écoles soient ouvertes à tous nos enfants.

Si nous restons parfois au-dessous

de nos désirs, si nous ne pouvons toujours faire ce que nous voudrions, ne croyez pas qu'il y ait de notre faute.

Nous avons souvent à lutter contre certaines difficultés d'un ordre supérieur; nous saurons les vaincre; nous ne désespérons pas de pouvoir disposer de ressources suffisantes, qui nous permettront de répandre davantage la lumière dans nos Ecoles, d'ajouter une plus large part d'exercices d'agrément à la culture de l'esprit dont vous jouissez déjà maintenant.

Nous voudrions agrandir nos écoles,

y faire pénétrer l'air, cet élément
indispensable au développement des
facultés intellectuelles chez les jeunes
enfants.

Ne croyez pas, mes chers enfants,
à un complet désintéressement de
notre part; nous aussi, nous cherchons notre récompense, que vous
seuls pouvez nous décerner.

En reconnaissance de nos efforts,
nous vous demandons une diligente
application à vos études, une attention constante aux leçons qui vous
sont données par vos maîtres, une
docilité incessante dans vos classes,

qui ne doit pas vous quitter quand vous rentrez le soir chez vos parents.

Quoique jeunes, vous devez déjà comprendre qu'il faut savoir, qu'il faut étudier dans son jeune âge quand on veut faire son chemin.

Ce que vous sèmerez maintenant, vous en récolterez les fruits plus tard ; chaque moment consacré aux études est un élément de plus pour réussir dans la voie qu'on se propose de suivre.

Ce sont les quelques années que vous passerez sur ces bancs qui décideront de votre avenir.

Chacun de vous doit travailler au

développement de son intelligence,
s'appliquer à perfectionner son éducation suivant l'aptitude qui brûle
comme un feu sacré dans le cœur.

S'il est essentiel d'avoir des connaissances générales, il est encore
plus essentiel de concentrer tous ses
moyens d'action vers le but qu'on
veut atteindre et qui semble le plus
approprié au goût, à la vocation pour
laquelle on éprouve un entraînement
irrésistible.

Vous tous, vous devez travailler
avec ardeur et songer que vous arri-
verez bientôt à l'âge où chacun de

vous devra se suffire à lui-même en gagnant honnêtement sa vie.

En France, plus que partout ailleurs, toutes les carrières sont ouvertes, sans distinction de naissance ni de culte; on y arrive par un travail laborieux et constant.

Je sais bien que des écueils imprévus se rencontrent quelquefois, mais la persévérance finit par les surmonter, et, quand on entre dans le port, on y aborde avec d'autant plus de satisfaction qu'on a eu plus de peine à y arriver.

Cette prédiction, je puis l'appuyer

par des faits. Nous comptons dans
notre Communauté bien des personnages qui, partis d'un rang humble
comme vous, se sont élevés succes-
sivement jusqu'aux plus hauts degrés
de l'échelle sociale.

Il m'en coûte de vous taire leurs
noms, je craindrais de les indisposer
si je ne me renfermais pas dans une
certaine réserve à leur égard.

Sachez que les Israélites sont repré-
sentés dans toutes les branches de la
vie active.

Dans l'armée, nous voyons briller
sur leur uniforme les plus hauts

insignes de la hiérarchie militaire;
dans la magistrature, ce rempart de
la justice humaine, ils occupent, à
l'égal de tous les autres, les sièges les
plus élevés; dans les sciences, les arts,
la littérature, les professions libérales,
ils se distinguent avec grand succès;
dans le commerce, l'industrie, la fi-
nance, ils atteignent des situations
qui leur valent la considération, l'estime universelles; comme artisans,
ils savent faire mouvoir leur action
dans toutes les directions de l'activité générale qui donne l'aisance et
forme la prospérité du pays.

Dans les services administratifs comme dans la politique, ils ne restent jamais au-dessous de leur devoir.

Ce sont là des exemples que je mets sous vos yeux ; c'est à vous de faire comme eux, prenez-les comme point de mire à atteindre ; il ne dépendra que de vous d'être cités un jour, comme je cite aujourd'hui ceux dont je tais les noms par modestie pour eux.

Quand vous serez indépendants, appelés à nous remplacer, vous pourrez, à votre tour, assurer aux autres l'instruction que vous avez reçue vous-mêmes, répandre sur les bancs de l'école cet esprit de famille sans lequel la vie est vide et dépourvue de tout charme.

Outre les devoirs, mes chers enfants, que vous avez envers vous-mêmes, il ne faut point oublier ceux que vous devez à la patrie, et ils sont sacrés ceux-là.

Un grand nombre d'entre vous n'est pas né sur le sol français ; la France, comme vous voyez, pratique l'hospitalité la plus large.

En reconnaissance, vous vous attacherez à cette terre généreuse, et vous ferez des efforts pour devenir les dignes citoyens de ce grand pays.

Tout ce que je viens de vous exposer s'adresse indistinctement à vous, jeunes élèves, comme à vous, jeunes filles.

Ce sentiment délicat, qui est inné à votre sexe, vous fera discerner la part qui vous revient; chacune de vous reconnaîtra les justes pensées que j'émets. En vous les appliquant pour en faire votre profit, vous aurez acquis des droits à la reconnaissance de tous ceux qui vous portent intérêt.

J'arrive maintenant à la Distribution des récompenses. Nous appellerons devant nous les élèves qui ont le mieux travaillé pendant l'année scolaire pour recevoir les prix qui leur sont décernés.

Je les en remercie et je leur dis : Je suis content de vous.

Il y en a parmi vous qui n'ont pas eu la faveur du succès ; à ceux-là, je ne tiens pas rigueur, je donne une parole d'encouragement et je leur dis : A l'année prochaine.

Dès demain, vous prendrez vos vacances, vous rentrerez dans vos foyers, grands et petits, jeunes et vieux. Ne donnez pas de sujets de plaintes à vos parents, profitez de ces quelques semaines de repos pour vous amuser ; la meilleure distraction que je puisse vous recommander consiste dans les exercices qui développent votre corps ; une marche régulière de quelques heures par jour vous fera grand bien et vous donnera des forces pour la prochaine rentrée des classes.

Un dernier mot à l'adresse de vos maîtres et maîtresses, qui ont eu. pendant toute l'année, la direction de vos études.

La liste des récompensés démontre qu'ils ne sont pas restés au-dessous de leur tâche, au contraire.

J'éprouve un sensible plaisir à les en remercier et à leur exprimer les plus sincères félicitations au nom du Comité des écoles.

IMPRIMERIE CHAIX, RUE BERGÈRE, 20, PARIS. -- 17926-8-91.

www.ingramcontent.com/pod-product-compliance
Lightning Source LLC
Chambersburg PA
CBHW070811260626
47161CB00006B/2241